CONVENTION NATIONALE.

PROJET

DE CONSTITUTION

DU PEUPLE FRANÇAIS,

PRÉSENTÉ

A LA CONVENTION NATIONALE,

Au nom du Comité de Salut public, par HÉRAULT,
Député du département de Seine - & - Oise,

Le 10 Juin 1793; l'an deuxième de la République;

Précédé de la DÉCLARATION DES DROITS, déja décrétée;

Imprimés & envoyés aux Municipalités, aux Corps
administratifs, aux armées, & aux Sociétés populaires,
par ordre de la Convention nationale.

A PARIS,

DE L'IMPRIMERIE NATIONALE.

1793.

DÉCLARATION
DES DROITS DE L'HOMME.

———

ARTICLE PREMIER.

Les droits de l'homme en société, font l'égalité, la liberté, la sûreté, la propriété, la garantie sociale, & la réſiſtance à l'oppreſſion.

II.

L'égalité conſiſte à ce que chacun puiſſe jouir des mêmes droits.

III.

La loi eſt l'expreſſion de la volonté générale; elle eſt égale pour tous, ſoit qu'elle récompenſe ou qu'elle puniſſe, ſoit qu'elle protége ou qu'elle réprime.

IV.

Tous les citoyens font admiſſibles à toutes les places, emplois & fonctions publiques. Les peuples libres ne connoiſſent d'autres motifs de préférence dans leurs choix, que les vertus & les talens.

V.

La liberté conſiſte à pouvoir faire tout ce qui ne nuit pas à autrui.

Elle repose sur cette maxime : *Ne fais pas aux autres ce que tu ne veux pas qu'ils te fassent.*

V I.

Tout homme est libre de manifester sa pensée & ses opinions.

V I I.

La liberté de la presse & de tout autre moyen de publier ses pensées, ne peut être interdite, suspendue ni limitée.

V I I I.

La conservation de la liberté dépend de la soumission à la loi. Tout ce qui n'est pas défendu par la loi ne peut être empêché, & nul ne peut être contraint à faire ce qu'elle n'ordonne pas.

I X.

La sûreté consiste dans la protection accordée par la société à chaque citoyen pour la conservation de sa personne, de ses biens & de ses droits.

X.

Nul ne doit être accusé, arrêté ni détenu que dans les cas déterminés par la loi, & selon les formes qu'elle a prescrites. Mais tout homme appelé ou saisi par l'autorité de la loi, doit obéir à l'instant : il se rend coupable par la résistance.

X I.

Tout acte exercé contre un homme hors des cas

& fans les formes déterminées par la loi, eft arbitraire & nul. Tout homme contre qui l'on tenteroit d'exécuter un pareil acte, a le droit de repouffer la force par la force.

XII.

Ceux qui folliciteroient, expédieroient, figneroient, exécuteroient ou feroient exécuter des actes arbitraires, feront coupables & doivent être punis.

XIII.

Tout homme étant préfumé innocent jufqu'à ce qu'il ait eté déclaré coupable, s'il eft jugé indifpenfable de l'arrêter, toute rigueur qui ne feroit pas néceffaire pour s'affurer de fa perfonne, doit être févèrement réprimée par la loi.

XIV.

Nul ne doit être jugé & puni qu'en vertu d'une loi établie, promulguée antérieurement au délit, & légalement appliquée; la loi qui puniroit des délits commis avant qu'elle exiftât, feroit un acte arbitraire.

XV.

L'effet rétroactif donné à la loi eft un crime.

XVI.

La loi ne doit décerner que des peines ftrictement & évidemment néceffaires : les peines doivent être proportionnées au délit, & utiles à la fociété.

A 3

X V I I.

Le droit de propriété confiste en ce que tout homme
eſt le maitre de difpofer à fon gré, de ſes biens,
de ſes capitaux, de ſes revenus & de fon induſtrie.

X V I I I.

Nul genre de travail, de culture, de commerce,
ne peut lui être interdit; il peut fabriquer, vendre &
tranfporter toutes efpèces de produêtions.

X I X.

Tout homme peut engager ſes fervices, fon temps;
mais il ne peut fe vendre lui même : fa perfonne n'eſt
pas une propriété aliénable.

X. X.

Nul ne peut être privé de la moindre portion de
fa propriéte fans fon confentement, fi ce n'eſt lorſque
la néceffité publique, légalement conſtatée, l'exige
évidemment, & fous la condition d'une juſte & préalable indemnité.

X X I.

Nulle contribution ne peut être établie que pour
l'utilité générale, & pour fubvenir aux befoins publics. Tous les citoyens ont droit de concourir per-
fonnellement, ou par des repréfentans, à l'établiſſe-
ment des contributions, d'en furveiller l'emploi, &
de s'en faire rendre compte.

X X I I.

L'inftruction eft le befoin de tous ; & la fociété la doit également à tous fes membres.

X X I I I.

Les fecours publics font une dette facrée ; & c'eft à a loi à en déterminer l'étendue & l'application.

X X I V.

La garantie fociale des droits de l'homme confifte dans l'action de tous , pour affurer à chacun la jouif-fance & la confervation de fes droits
Cette garantie repofe fur la fouverainé nationale.

X X V.

La garantie fociale ne peut exifter , fi les limites des fonctions publiques ne font pas clairement dé-terminées par la loi , & fi la refponfabilité de tous les fonctionnaires publics n'eft pas affurée.

X X V I.

La fouveraineté nationale réfide effentiellement dans le peuple entier ; & chaque citoyen a un droit égal de concourir à fon exercice ; elle eft une & indi-vifible , imprefcriptible & inaliénable.

X X V I I.

Nulle réunion partielle de citoyens & nul individu ne peuvent s'attribuer la fouveraineté.

A 4

XXVIII.

Nul, dans aucun cas, ne peut exercer aucune autorité & remplir aucune fonction publique, fans une délégation formelle de la loi.

XXIX.

Dans tout gouvernement libre, les hommes doivent avoir un moyen légal de réfifter à l'oppreffion ; & lorfque ce moyen eft impuiffant, l'infurrection eft le plus faint des devoirs.

XXX.

Un peuple a toujours droit de revoir, de réformer & de changer fa conftitution. Une génération n'a pas le droit d'affujétir à fes lois les générations futures. Toute hérédité dans les fonctions eft abfurde & tyrannique.

PROJET

DE CONSTITUTION

DU PEUPLE FRANÇAIS.

———————

CHAPITRE PREMIER.

De la République.

ARTICLE PREMIER.

La république française est une & indivisible.

CHAPITRE II.

De la distribution du peuple.

Le peuple français est distribué pour l'exercice de sa souveraineté, en assemblées primaires de cantons : il est distribué pour l'administration & la justice, en départemens, districts, municipalités.

CHAPITRE III.

De l'état des citoyens.

ARTICLE PREMIER.

Tout homme né en France, âgé de 21 ans accomplis

A 5

Tout étranger âgé pareillement de 21 ans accomplis, qui depuis une année vit de son travail dans la république ;

Celui qui acquiert une propriété, & réside en France depuis un an ;

Celui qui épouse une française, & réside en France depuis un an ;

Celui qui adopte un enfant ou nourrit un vieillard, & réside en France depuis un an ;

Tout étranger enfin, qui sera jugé par le Corps législatif avoir bien mérité de l'humanité,

Est admis à l'exercice des droits de citoyen français.

II.

L'exercice des droits de citoyen se perd :

Par la naturalisation en pays étranger,

Par l'acceptation de fonctions ou faveurs émanées d'un gouvernement non populaire ;

Par la condamnation à des peines infamantes ou afflictives.

Il est suspendu,

Par l'état d'accusation ;

Par un jugement de contumace, tant que le jugement n'est pas anéanti.

CHAPITRE IV.

De la souveraineté du peuple.

ARTICLE PREMIER.

Le peuple exerce la Souveraineté dans les assemblées primaires.

II.

Il nomme immédiatement fes repréfentans, & les membres du juré national.

Il délègue à des électeurs le choix des adminiftrateurs & des juges.

CHAPITRE V.

Des affemblées primaires.

ARTICLE PREMIER.

Les affemblées primaires font compofées de 400 votans au moins, de 600 au plus.

L'arrondiffement de chaque affemblée primaire forme un canton.

II.

Les affemblées primaires fe compofent des citoyens domiciliés, ou réfidant depuis trois mois, dans chaque canton.

III.

Ces affemblées font conftituées par la nomination d'un préfident, de fecrétaires, de fcrutateurs.

IV.

Leur police leur appartient.

V.

Nul n'y peut paroître en armes.

A 6

V I.

Les élections font faites au fcrutin figné.
Les fcrutateurs conftatent le vote des citoyens qui ne favent point figner.

V I I.

Les fuffrages fur les lois font donnés par *oui* & par *non*.

V I I I.

Le vœu de l'affemblée primaire eft proclamé ainfi : *l'affemblée accepte, l'affemblée rejette.*

CHAPITRE VI.

De la repréfentation nationale.

ARTICLE PREMIER.

La population eft la feule bafe de la repréfentation nationale.

I I.

Il y a un député en raifon de 50,000 individus.

I I I.

Chaque réunion de canton formant une population de 50,000 ames, nommera immédiatement un député.

I V.

La nomination fe fait par un feul fcrutin de lifte, & à la majorité fimple.

V.

Le recenfement eft fait au lieu défigné pour le plus central.

V I.

Eft proclamé député repréfentant du peuple, le citoyen qui a réuni le plus de fuffrages.

V I I.

Eft proclamé fuppléant celui qui a enfuite obtenu le plus de voix.

V I I I.

En cas de partage des voix, le plus âgé eft élu.

I X.

Les recenfemens font imprimés & affichés.

X.

Tout citoyen français eft éligible dans l'étendue de la république.

Tout député appartient à la nation.

X I.

Le peuple français s'affemble de droit tous les ans, le premier mai, pour les élections.

X I I.

Les affemblées primaires peuvent fe former extraordinairement par la réunion de la majorité plus un, des membres qui les composent.

CHAPITRE VII.

Des assemblées électorales.

Il sera nommé dans les assemblées primaires un électeur à raison de deux cents citoyens, présens ou non à l'assemblée.

Il en sera nommé deux depuis trois cent-un jusqu'à quatre cent.

CHAPITRE VIII.

Du Corps législatif.

ARTICLE PREMIER.

Le corps législatif est un, indivisible & permanent.

II.

Sa session est d'un an.

III.

L'assemblée législative se réunit le 15 juin, dans le lieu des séances de la législature précédente.

Elle ne peut se conſtituer, ſi elle n'eſt compoſée au moins de la moitié des députés, plus un.

V.

Les députés repréſentans du peuple ne peuvent être recherchés, accuſés ni jugés en aucun temps, pour les opinions qu'ils ont énoncées en public, dans le ſein du corps légiſlatif.

VI.

Ils peuvent, pour fait criminel, être ſaiſis en flagrant-délit ; mais le mandat d'arrêt, ni le mandat d'amener ne peuvent être décernés contre eux qu'avec l'autoriſation du corps légiſlatif.

CHAPITRE IX.

Tenue de ſes ſéances.

ARTICLE PREMIER.

Les ſéances de l'aſſemblée nationale ſont publiques ; les procès-verbaux de ſes ſéances ſont imprimés.

II.

Elle ne peut délibérer ſi elle n'eſt compoſée de 200 membres au moins.

III.

La police lui appartient dans le lieu de ſes ſéances, & dans l'enceinte extérieure qu'elle a déterminée.

Elle a le droit de cenſure ſur la conduite de ſes membres dans ſon ſein, & non ſur leurs opinions.

Elle ne peut leur refuſer la parole dans l'ordre où ils l'ont réclamée.

Elle délibère par aſſis & levé, à la pluralité.

Cinquante membres ont le droit d'exiger l'appel nominal.

CHAPITRE. X.

Des fonctions du Corps légiſlatif.

ARTICLE PREMIER.

Le corps légiſlatif propoſe des lois, & rend des décrets.

II.

Sont compris ſous le nom général de loi, les actes du corps légiſlatif, concernant :

La légiſlation civile, criminelle, & de police ordinaire ;

Les domaines & établiſſemens nationaux, les diverſes branches d'adminiſtration générale des revenus & des dépenſes ordinaires de la République ;

Le titre, le poids, l'empreinte, & la dénomination des monnoies ;

La nature, le montant, & la perception des contributions ;

Les honneurs publics à la mémoire des grands hommes.

III.

Sont déſignés ſous le nom particulier de décret les actes du corps légiſlatif, concernant :

L'établissement annuel des forces de terre & de mer ;

La permission ou la défense du passage des troupes étrangères sur le territoire français ;

L'introduction des forces navales étrangères dans les ports de la République ;

Les précautions de sûreté & de tranquillité générale ;

La distribution annuelle & momentanée des secours & travaux publics ;

Les dépenses imprévues & extraordinaires ;

Les ordres pour la fabrication des monnoies de toute espèce ;

Les mesures locales & particulières à un département, à une commune, à un genre de travaux, &c. ;

La déclaration de guerre, la ratification des traités, & tout ce qui a rapport aux étrangers ;

La nomination & la destitution des commandans en chef des armées ;

L'exercice de la responsabilité des membres du conseil, des fonctionnaires publics, la poursuite & la mise en jugement des prévenus des complots ou d'attentats contre la sûreté générale de la République ;

Les récompenses nationales.

CHAPITRE XI.

De la formation de la Loi.

ARTICLE PREMIER.

Les projets de loi sont précédés d'un rapport.

II.

La discussion ne peut s'ouvrir, & les articles ne

peuvent être provisoirement arrêtés, que quinze jours après le rapport.

III.

Le projet arrêté est imprimé & envoyé à toutes les communes de la République, sous ce titre: *Loi proposée.*

IV.

Trente jours après l'envoi de la loi proposée, si dans dix départemens une, ou plusieurs assemblées primaires n'ont pas réclamé, le corps législatif admet ou rejette définitivement la loi.

V.

S'il y a réclamation, & que le corps législatif persiste à proposer la loi, il convoque les assemblées primaires.

VI.

Si le même nombre de réclamations ne parvient au corps législatif qu'après l'adoption définitive de la loi, les assemblées primaires sont pareillement convoquées, mais la loi est provisoirement exécutée.

CHAPITRE XII.

De la promulgation des Lois & des Décrets.

ARTICLE PREMIER.

Les lois, les décrets, & tous les actes publics sont intitulés : *Au nom de la République française.*

CHAPITRE XIII.

Du Conseil exécutif.

ARTICLE PREMIER.

Il sera formé un conseil exécutif, composé de vingt-
quatre membres.

II.

L'assemblée électorale de chaque département nomme un candidat. Le corps législatif choisit sur la liste
générale les vingt-quatre membres du conseil.

III.

Il est renouvelé par moitié à chaque législature.

IV.

Le conseil est seul chargé de la direction & de la
surveillance de l'administration générale. Il ne peut agir
qu'en vertu des lois & des décrets du corps législatif.

Il nomme hors de son sein les agens extérieurs
de la République.

Il négocie & fait les traités. Le corps législatif les
ratifie.

V.

Il nomme hors de son sein les agens en chef de
l'administration de la République.

VI.

Les législatures déterminent le nombre & les fonctions de ces agens.

V I I.

Ces agens ne forment point un conseil. Ils sont séparés, sans rapports immédiats entre eux, & n'exercent aucune autorité personnelle.

V I I I.

Les membres du conseil, en cas de prévarication, sont accusés par le corps législatif devant le grand juré national.

Le conseil est responsable de l'inexécution des lois, & des abus qu'il ne dénonce pas.

I X.

Le conseil destitue & remplace les agens en chef. Il les accuse, s'il y a lieu, devant les tribunaux ordinaires.

CHAPITRE XV.

Des rélations du Conseil exécutif avec le Corps législatif.

ARTICLE PREMIER.

Le conseil exécutif réside auprès du corps législatif.

Il a l'entrée dans le lieu de ses séances; il a une place séparée.

Il est entendu toutes les fois qu'il a un compte à rendre.

Le corps législatif l'appelle dans son sein, en tout ou en partie, lorsqu'il le juge convenable.

CHAPITRE XV.

Du grand juré national.

ARTICLE PREMIER.

Le grand juré eſt inſtitué pour garantir les citoyens de l'oppreſſion du corps légiſlatif & du conſeil.

Tout citoyen opprimé par un acte particulier, a droit d'y recourir.

I I.

La liſte des jurés eſt compoſée d'un citoyen, élu dans chaque département par les aſſemblées primaires.

Le grand juré eſt renouvelé tous les ans avec le corps légiſlatif.

I I I.

Il n'applique point les peines. Il renvoie devant les tribunaux.

I V.

Les noms des jurés ſont dépoſés dans une urne au ſein du corps légiſlatif.

CHAPITRE XVI.

Des Corps adminiſtratifs.

ARTICLE PREMIER.

Il y a dans chaque commune de la République une municipalité ;

Dans chaque diſtrict, une adminiſtration intermédiaire ;

Dans chaque département, une adminiſtration centrale.

I I.

Les officiers municipaux ſont élus immédiatement par le peuple.

Les adminiſtrateurs ſont nommés par les aſſemblées électorales.

I I I.

Les adminiſtrateurs n'ont aucun caractère de repréſentation.

Ils ne peuvent, en aucun cas, ſuſpendre ni modifier l'exécution des actes du corps légiſlatif.

Ils ne peuvent s'immiſcer dans les fonctions judiciaires, militaires, légiſlatives, ni dans celles du conſeil exécutif.

I V.

Ils ſont des agens élus à temps pour exercer, ſous l'autorité du conſeil, les fonctions adminiſtratives.

V.

Ils doivent répondre dans le mois aux demandes qui leur ſont adreſſées.

V I.

Il appartient au corps légiſlatif de déterminer les fonctions des adminiſtrateurs, les règles de leur ſubordination, & les peines qu'ils pourront encourir.

VII.

Les administrations sont renouvelées tous les ans par moitié.

VIII.

Leurs séances sont publiques : leurs comptes sont imprimés.

CHAPITRE XVII.

De la justice civile.

ARTICLE PREMIER.

Le code des lois civiles & criminelles sera uniforme pour toute la république.

II.

Il y a des juges de paix élus immédiatement par le peuple, chargés de concilier & de juger les parties, sans frais.

III.

Ils sont renouvelés tous les ans.

IV.

Leur nombre & leur compétence sont déterminés par le corps législatif.

V.

Dans les contestations qui ne sont pas du ressort

de la juſtice de paix, les citoyens s'adreſſent d'abord à des arbitres choiſis par eux.

V I.

En cas de réclamation contre la déciſion des arbitres, le corps légiſlatif déterminera les cas & le mode du recours.

CHAPITRE XVIII.

De la juſtice criminelle.

ARTICLE PREMIER.

En matière criminelle, nul citoyen ne peut être jugé que ſur une accuſation reçue par des jurés, ou décrétée par le corps légiſlatif.

La peine eſt appliquée par un tribunal criminel.

L'inſtruction eſt publique.

Les accuſés ont des conſeils choiſis par eux, ou nommés d'office.

CHAPITRE XIX.

Du tribunal de caſſation.

ARTICLE PREMIER.

Il y a pour toute la république un tribunal de caſſation.

Ce tribunal ne connoît point du fond des affaires: il prononce ſur la violation des formes, & ſur les contraventions expreſſes à la loi.

CHAPITRE XX.

Des contributions publiques.

ARTICLE PREMIER.

Nulle contribution n'eſt établie, répartie ou recou-
vrée, nulle dépenſe n'eſt faite qu'en vertu d'un acte
préalable du corps légiſlatif.

CHAPITRE XXI.

De la tréſorerie nationale.

ARTICLE PREMIER.

La tréſorerie nationale eſt le point central & indi-
viſible de la comptabilité de la république.

II.

Elle eſt adminiſtrée par des agens comptables nommés par le conſeil exécutif.

Ces agens ſont ſurveillés par des commiſſaires nommés par le corps légiſlatif, & reſponſables des abus
qu'ils ne dénoncent pas.

CHAPITRE XXII.

De la comptabilité.

ARTICLE PREMIER.

Les comptes des adminiſtrateurs des deniers publics font rendus annuellement à des commiſſaires nommés par le corps légiſlatif, hors de ſon ſein. Le corps légiſlatif ratifie leur arrêtés.

CHAPITRE XXIII.

Des forces de la République.

ARTICLE PREMIER.

La force générale de la république ſe compoſe du peuple entier.

II.

La république entretient en temps de paix une force armée, de terre & de mer, ſuffiſante pour maintenir la paix intérieure & extérieure.

III

Tous les Français ſont exercés au maniement des armes.

IV.

Il n'y a point de généraliſſime.

V.

Les diſtinctions de grade & de ſubordination ne ſubſiſtent que relativement au ſervice, & pendant ſa durée.

VI.

Toutes les parties de la force publique employée contre les ennemis du dedans, n'agiſſent que ſur la réquiſition des officiers civils.

Toutes les parties de la force publique employée contre les ennemis du dehors, agissent sous les ordres du Conseil exécutif.

V I I.

Nul Corps armé ne peut délibérer.

CHAPITRE XXIV.

Des Conventions Nationales.

ARTICLE PREMIER.

Si dans la moitié des Départemens, plus un, une ou plusieurs assemblées primaires, régulièrement formées, demandent la révision de l'acte constitutionnel, ou le changement de quelques-uns de ses articles, le Corps législatif est tenu de convoquer toutes les assemblées primaires de la République, pour savoir s'il y a lieu à une Convention Nationale.

I I.

Les Conventions s'assemblent à vingt lieues au moins du Corps législatif.

I I I.

Elles sont formées de la même manière que les législatures.

I V.

Elles ne s'occupent que de l'objet de leur convocation.

CHAPITRE XXV.

Des rapports de la République française avec les Nations étrangères.

ARTICLE PREMIER.

Le peuple français se déclare l'ami & l'allié naturel des peuples libres.

II.

Il ne s'immisce point dans le gouvernement des autres Nations; il ne souffre pas que les autres Nations s'immiscent dans le sien.

III.

Il protége les étrangers bannis de leur patrie pour la cause de la liberté.

Il refuse asyle aux tyrans.

IV.

Il ne fait point la paix avec un ennemi qui occupe son territoire.

CHAPITRE XXVI.

Garantie des Droits.

ARTICLE PREMIER.

La Constitution garantit à tous les Français le

droit de pétition, le droit de se réunir en sociétés populaires, la jouissance de tous les droits de l'homme.

I L

La déclaration des droits & les lois constitutionnelles sont gravées sur des tables, au sein du Corps législatif & dans les places publiques.

Signés, Les Adjoints au Comité de Salut public pour la rédaction des articles constitutionnels, HERAULT, D. V. RAMEL, SAINT-JUST, MATHIEU, G. COUTHON.

Les Membres du Comité de Salut public, BARRERE, DANTON, DELACROIX, BERLIER, TREILHARD, J. F. B. DELMAS, CAMBON, fils aîné, L. B. GUYTON.

DE L'IMPRIMERIE NATIONALE.

www.ingramcontent.com/pod-product-compliance
Lightning Source LLC
Chambersburg PA
CBHW061629180626
46818CB00005B/2305